DU MÊME AUTEUR

AUX ÉDITIONS DU JASMIN

Papa-barque, illustré par Yan Thomas, 2007

CHEZ D'AUTRES ÉDITEURS

Un amour d'enfance - Collectif - Éd. Bayard, 2007
Le chemin de Wangmo, Éd. Michalon, 2006
Loupé, illustré par A. Marnat, Éd. Bilboquet, 2005
Chant ouvert, Éd. Bérénice, 2004

Innocent

COLLECTION

ROMAN JEUNESSE

1.	Un loup dans la vitre	*Philippe de Boissy*
2.	Cloche	*Clotilde Bernos*
3.	Le cri	*François David*
4.	La promesse du bonhomme de neige	*Eugène Trivizas*
5.	Chat qui vole	*François David*
6.	Sous les sables d'Afghanistan	*Jack Chaboud*
7.	Direct au cœur	*Yves Pinguilly*
8.	Cœur d'Aztèque	*Corine Pourtau*
9.	Innocent	*Magali Turquin*
10.	Che Guevara habite au 7e étage	*Bertrand Solet*

Illustration de la couverture : Sylvie Moreau

4, rue Valiton 92110 Clichy France
www.editions-du-jasmin.com
ISBN : 978-2-912080-967

Magali Turquin

Innocent

Roman

ÉDITIONS DU JASMIN

« […] Si je suis encore
je m'en suis allé
comme je suis mort
eh bien je suis né […] »

Les têtes raides,
Fragile

À Elle.
Et à son Papa.

Courir, courir, courir. Ne plus jamais s'arrêter. Courir au-delà de l'épuisement, du dernier souffle, de l'ultime instant. Courir à en vomir. Courir pour ne pas mourir.

Impression que ma tête est une peau tendue de djembé que frappent des mains inconnues. Paumes heurtant mes tempes, me forçant à fermer les paupières. Je cours, les yeux saturés de douleurs intraduisibles. Je fuis un frère, un voisin. Je fuis une ombre envahie par la haine.

Du plus lointain de mes souvenirs, je ne me rappelle pas de course plus épuisante, plus éprouvante. Même lors de la cérémonie des initiés dans la profonde forêt sacrée. Trois jours et quatre nuits sans nulle autre ressource que son courage pour affronter les adversaires. Les esprits. Les doutes. Trois jours de combat. Quatre nuits d'errance. Trois jours pour passer la frontière de l'enfance à l'âge adulte. Quatre nuits d'apprentissage.

À treize ans, je suis devenu un homme. J'en porte la carrure. J'en garde les blessures. Scarification physique. Sacrifice symbolique. Dans le village, tous les hommes de mon âge, Hutus comme Tutsis, ont traversé ensemble cette transformation, solitaires dans l'ignorance, solidaires dans la puissance. C'était hier et c'est si vieux maintenant. Cela fait désormais partie d'un autre monde. Peut-être n'était-ce même pas moi qui participais à cette épreuve. Peut-être n'ai-je fait que rêver cette harmonie sans cris.

Que reste-il de ce passé ? Qui reste-il non trépassé ?

Et dire que le rite devait nous aider à surmonter toutes nos craintes, à participer à l'équilibre de notre société. Comprendre le monde que nous observions désormais d'un regard neuf.

Et dire qu'à cette époque nous croyions tous en l'être humain. Nous avions confiance. Dire que j'ai cru, que tout le monde a cru en l'*umufumu** du village, homme si respectable. Lui, à qui nous confiions nos nouveau-nés et nos ancêtres. Lui, que nous ne manquions jamais de saluer et qui ne passait pas un dimanche sans être invité dans une famille ou dans une autre. Lui, que nous respections autant que notre père, à qui nous racontions nos querelles et nos espoirs. C'était notre grand frère de respect.

Et c'est lui le premier qui a dénoncé les familles tutsies à ces *interahamwe** pleins de fureur. Lui, le premier à avoir eu peur de la mort, peur des autres. Par sa lâcheté et son égoïsme, il a rompu ce fil invisible qui nous reliait tous. Qu'avait-il donc à se reprocher ? Sa seule identité d'Hutu respectable lui assurait déjà la vie sauve. Je le revois encore, donner des bidons d'*urwagwa** et tenter de dissimuler ses tremblements de frayeur. J'entends encore son rire fourbe, ses paroles fausses désormais gravées au plus profond de ma mémoire dilatée. Son regard accusateur, dénonciateur, annonceur de mort prochaine. Son rang au sein du village lui a permis de ne tuer personne de ses propres mains. Le sang a pourtant coulé en abondance par ses paroles. Ce sang mêlé de larmes d'incompréhension. Lui a préféré proférer les assassinats. Il savait parler. Il était sagement écouté. Je le revois encore dans son éternelle tenue grise, la poitrine supportant de nombreux colliers mystérieux, levant les deux bras au ciel pour montrer toute sa puissance et sa proximité avec Dieu. Si j'avais su, si j'avais imaginé que ces massacres puissent nous arriver un jour… Mon esprit ne doit pas s'attarder. Je ne peux plus revenir en arrière. Il est trop tard maintenant. Tout n'est que feu, sang et flammes. Fleurs de vie fanées. Enfer blanc. Je n'ai plus le temps.

Pourquoi, comment ? Un avion a chuté. Notre président tué.

Comment, pourquoi ? Je ne sais pas. Je ne sais pas. L'ignorance rythme ma course. On a dit, on a dit, oh ! on a dit tant de choses, une vengeance, une provocation, une erreur, une stratégie des blancs.

Je cours toujours. Je n'entends plus que mon cœur cogner la paroi de mon corps. Je vois rouge dans cette nuit sans fin. Est-ce mon propre sang ? Celui de maman ? De mes frères et sœurs, de mon père ? De nos vaches ? De la maison ? Il y en a tellement autour de moi et je suis seul avec ma peur. L'odeur de la mort imprimée jusque dans mes souvenirs qui se confondent maintenant avec le présent.

Notre président hutu tué et le sang a giclé et le mauvais alcool a coulé. Et la mort, rapidement, s'est parée de ses plus beaux habits. Elle a mis ses bijoux et son rouge à lèvres. Elle n'a pas eu à charmer longtemps les hommes simples et modestes qui attendaient le signal. Les hommes fous, les hommes apeurés, les hommes frustrés, les hommes pleins d'intérêts... Des Hutus, qui peut-être, cherchaient à prendre leur revanche sur les années passées pendant lesquelles le pays était gouverné par un roi tutsi. Des années pourtant calmes...

Le lac Cyohoha regorge de corps massacrés, boursouflés, déchiquetés. Longtemps, très longtemps, j'ai longé cette étendue d'eau sans savoir où aller. Il fallait que je reste proche de cette ressource naturelle. Je ne tenais pas à mourir de soif. J'ai bu comme j'ai pu. Je n'avais pas le choix. Des eaux malades et stagnantes. J'ai vu des choses flotter. Je crois que c'étaient des morceaux humains. Je n'ai pas cherché à regarder mais il y en avait tant et tant que j'étais obligé de les croiser. Est-ce que tous les Tutsis allaient finir comme ça ? Il en restait, des Tutsis puisque chaque jour le fleuve rougissait davantage. Du sang neuf, encore chaud, mélangé aux dernières larmes versées. Les Hutus allaient, venaient, étaient partout. Et le sang a giclé de nos artères jusqu'au cœur de la terre fertile. Notre terre rwandaise, si docile, entre les mains hutues.

Pourquoi, comment ? Je ne sais pas. Eux étaient faits pour la terre et nous pour l'élevage. Complémentaires. Nous avions le même Dieu pour accueillir nos prières, la même terre pour nous nourrir, le même ciel, la même langue, la même histoire, la même couleur, les mêmes envies, le même amour, les mêmes rires. Et malgré toutes nos ressemblances, quelqu'un, un étranger blanc, a apporté la haine entre nous. Par une différence invisible à nos yeux, il a installé entre nous cette haine tenace et destructrice. Une haine gravée désormais sur notre carte d'identité : Hutu ou Tutsi. Lui a réussi à introduire la mort, l'anéantissement.

Il doit être content maintenant !

Nous, les Tutsis, nous admirions les Hutus pour cette harmonie secrète avec la terre. Harmonie et savoir faire qui nous étaient refusés. Nous, nous comprenions mieux le bétail. C'est ainsi. Mais nous étions respectueux les uns des autres. Nos vaches avaient besoin de la terre comme nous avions besoin des Hutus.

Le sang n'a plus le temps de coaguler sur les machettes aiguisées. Tout ce sang mêlé de pierres et de pleurs.

Et tous ces morts autour de moi. Pourquoi ?

Personne n'en sait rien. Personne ne pouvait m'en parler. Et qui reste-t-il maintenant pour vouloir le faire ? Tout le monde est mort. Il ne reste que des fantômes, des ombres. Des riens de vie.

Il faut que tout cela s'arrête. Je ne sais pas depuis combien de temps je fuis, traqué comme une bête sauvage. Ma gorge brûle, mes pieds sont pleins d'épines. Et je vais bientôt devenir fou, je le sens. Je suis trop fatigué pour réfléchir. Je laisse le corps des avoisinants pourrir autour de moi sans le moindre sentiment. Sans une seule prière, un semblant d'enterrement. Je cours sans savoir pourquoi, comment, avec qui. Je cours par instinct de survie. Je ne sais plus à quoi cela peut me servir et si ça a eu un sens, un jour. Mes jambes continuent leur mouvement mécanique.

Je n'étais pourtant pas seul à Nyamata. Nous étions des milliers, je crois. Mon père en tête. Toujours. C'est lui qui a pris l'initiative de quitter les maisons du village où nous n'étions plus en sécurité. Lui encore qui a décidé de partir se réfugier dans les collines, ces hauteurs touffues et surplombant le bourg qui deviendraient, par le courage de quelques Tutsis, les collines de la résistance. Elles sont ainsi désignées, maintenant, en mémoire de nos morts. J'y étais. Et j'ai vu. Et je sais pourquoi elles portent ce nom. D'autres s'en souviennent encore aujourd'hui. Même si les nouvelles générations en parlent de loin en loin.

Comme une légende.

Les vieux pas si vieux, mais vieillis de souffrances, racontent peut-être encore nos histoires. Des rumeurs pour certains. Moi, je sais ce que j'ai vécu, même si je ne peux pas le raconter, même s'il n'y a personne pour m'écouter. Je me chuchote à moi-même mais je parle quand même. Je murmure dans ma tête. À quoi bon crier ? Mes oreilles ne le supporteraient pas. Ma parole est un silence pour les autres. Je suis un mort qui ne peut raconter que le flou, la folie, l'indicible, l'impossible à croire, à entendre. Dire ne suffira jamais pour exprimer mon vécu. Les autres préfèrent éteindre les écouteurs. Boucler le cœur à double tour et affirmer que mes propos sont un peu exagérés, démesurés. Je n'ai pas de recul. Trop de haine et de douleur pour être objectif. Ce n'est pas humain. Ça ne se peut pas. Et c'est bien le pire. Le pire. C'est quoi ? C'est d'être là, face à mon gouffre de souffrance et de solitude et de penser que ce sont des personnes comme moi qui ont commis ces horreurs. Comme moi. Ça aurait pu être moi. Parce que je suis humain. Parce que les personnes qui ont frappé avec leurs machettes étaient des humains, des pères, des fils, des maris…

Mon père, Jean-Baptiste, sentait qu'il fallait fuir Nyamata. Beaucoup ne l'ont pas cru. Ils ont préféré se réfugier entre les bras de Dieu, au sein de Son église. Il ne pouvait rien leur arriver. Pas dans l'église. Tout le monde respecte la force divine. Tout le monde. Tous les morts y ont cru jusqu'à la première grenade jetée dans les entrailles de l'édifice. Jean-Baptiste s'est fait traiter d'infidèle. Le Ciel se chargerait de le punir.

Lui et toute sa famille. Les accusateurs ont presque eu raison. Sauf que je suis là aujourd'hui, avec ma survie bancale. Que je suis là, solitaire parmi la foule, que je souffre et respire et que je pense à tous ces morts qui avaient placé la protection divine au-dessus de la folie humaine. Est-ce que le Christ pense à eux, eux qui ont été massacrés dans Sa maison ? Jean-Baptiste n'a écouté que son instinct. Il savait que n'importe quel dieu, n'importe quel diable ne pourrait plus faire reculer ces assoiffés de sang et de vengeance dont nous ignorions tout.

Je me souviens bien de la longue discussion tenue à voix basse dans la cour de la plus grosse maison du village. Toutes les personnes influentes s'étaient réunies pour convenir des décisions à prendre. Toutes sentaient que cette fois-ci, si les Tutsis étaient encore la cible d'extrémistes hutus, rien ne se passerait plus comme avant. Les insultes et les regards étaient bien plus durs, les sourires mauvais. Certains Hutus, assurés de leur suprématie, avaient même osé s'aventurer dans la maison de leur future victime pour évaluer ce qu'ils viendraient récupérer plus tard. D'autres ne se cachaient plus pour regarder nos femmes avec une insistance qui ne présageait rien de bon.

Dans le village, toute activité avait cessé. Pas un grain de sorgho n'était pilé. Le bois ne crépitait plus sous les flammes. Personne ne pensait à préparer le repas du soir. Le regard accroché au visage tendu de leur mère, même les plus petits enfants s'étaient tus. Nos vaches continuaient de brouter l'herbe rare et sèche, indifférentes à notre sort.

Je me souviens que nous étions tous serrés les uns contre les autres pour essayer de calmer nos tremblements. La peur nous tenait tous. Nous attendions les décisions. Nous entendions les murmures échangés. La tension montait en chacun de nous et bientôt, nous ne percevions plus que les pattes de poules qui creusaient la terre.

Attente insupportable.

Puis le vent s'est levé. Le bruissement des feuilles enveloppait les discussions d'un écho surnaturel.

Je me souviens du visage paternel, au petit matin. Ma sœur dormait sur mes genoux et je n'ai pas pu me lever pour savoir ce qui nous attendait. Aujourd'hui, quand je repense à mon père, c'est ce visage qui me revient, dur, déterminé et consterné. Il savait qu'il n'avait pas réussi à convaincre tout le monde. Rapidement, deux groupes se sont formés. Une cinquantaine de personnes derrière Jean-Baptiste. Seulement. Tout le reste du village lui tournait déjà le dos. Ils se dirigeaient vers l'église. Les paroles n'avaient plus de valeur. Leurs ombres semblaient suivre le lever du soleil et s'agrandissaient au fur et à mesure qu'ils s'éloignaient du village. En haut de la grande rue, près du stade de foot et de l'église, le groupe a disparu de notre vue, de notre vie. Ils ont basculé dans l'enfer devant nos yeux trop grands qui savaient déjà. Nos yeux trop grands pour contenir tous ces corps déchiquetés, violés, mal enterrés…

Mon père est mort sans savoir qu'il avait raison. Que la folie meurtrière ne connaissait aucune barrière.

Mon père est mort sans savoir que les prêtres de notre église ont appris aux *Interahamwe** où se réfugiaient les Tutsis de leur village. Des Tutsis qu'ils avaient baptisés, écoutés, confessés. À qui ils avaient enseigné le droit chemin et le respect de chacun. Ont-ils gagné le paradis à les dénoncer ainsi ? Quelques heures de plus sur terre ? Je ne sais pas.

J'ai revu notre petite église de Nyamata. Notre jolie petite église de pierres jaunes. Il n'y a plus d'arbres. Le stade n'est plus qu'un immense charnier où l'herbe n'ose plus repousser. Et je n'aurais jamais pensé que cette toute petite demeure de Dieu puisse contenir cinq mille cadavres. Des hommes, des femmes et des enfants qui avaient placé leur dernier espoir en ce lieu de Lumière. Cinq mille âmes errantes et hurlantes d'effroi.

Dieu aurait-il pu les aider ? A-t-il retenu ces cinq mille âmes ? Toutes ces personnes piégées dans cette église protectrice étaient-elles seulement les victimes d'une sauvagerie, hélas humaine ? Dieu, ne comprenant pas cette barbarie, est resté impuissant, inutile ? Un Dieu inutile sur une terre inhumaine ?

Et Dieu est peut-être mort ce jour-là ? Renaîtra-t-il un jour de leurs cendres ?

Je n'ai pas de réponse. Mais j'ai vu les cinq mille crânes alignés, ce mur humain pleurant encore la trahison et l'abandon. Ici, quelques personnes sont revenues rendre hommage aux morts. L'église de Nyamata est devenue un lieu de recueillement, il y a même un gardien qui parle à tous ces êtres, une ombre parmi les morts. Un murmure de vie. Malgré tout.

Parce que vivre est la seule chose qui nous reste.

De cette église, on peut voir la colline. Celle où mon père a décidé d'aller avec son petit groupe. Ce lieu, nous le connaissions tous comme notre seconde maison. Même si cela ne nous donnait aucun avantage sur les tueurs. Eux aussi avaient joué dans cette forêt, étant enfants, eux aussi y étaient allés chercher du bois, des fruits. Mais il fallait essayer. Quand même. Nous ne pouvions renoncer. Pour tous les morts passés. Nous savions que dans cette immense verdure, nous pourrions tout de même être bien cachés. Les branches des arbres nous dissimuleraient. Les nombreuses sources d'eau nous rafraîchiraient et les arbres et plantes comestibles nous nourriraient. C'est pour cette raison que Jean-Baptiste nous a emmenés ici. La nature ne pouvait pas nous tuer. Pas elle.

J'ai longtemps attendu dans ma cachette ombragée. Mon père avait fait promettre à chacun de ses enfants, comme à notre mère, de ne bouger sous aucun prétexte. Même la mort de l'un de nous ne devait nous déloger de notre abri.

J'ai compté les lunes et les soleils qui se succédaient, pour ne pas me perdre dans cette attente sans temps. Toutes les trois lunes, mon père s'éloignait de son abri, à la recherche d'informations et de nourriture. Il partait de plus en plus longtemps. De plus en plus loin.

Malgré l'angoisse et les cris qui nous parvenaient régulièrement depuis la plaine, je réussissais toujours à m'endormir. J'avais confiance en mon père et en cette forêt épaisse. Mais une nuit, je n'ai pas pu fermer les yeux. J'ai attendu mon père. Je sentais quelque chose d'anormal. Comme une bête traquée, mon instinct de survie s'était aiguisé. Mon père est revenu. Les bras vides. Rien. Pas une feuille, une plante, pas même une racine. Quelques heures plus tard, des camions débarquaient. Je n'ai jamais su si mon père avait été suivi, si nous étions surveillés. Les camions se sont arrêtés. J'ai vu des militaires blancs sortir. Avec leurs belles paroles, leurs beaux sourires. Ils voulaient nous aider. Nous sauver, nous donner à manger. Ils savaient que nous étions réfugiés ici. Nous devions nous montrer. Quelqu'un leur avait dit. Peut-être les prêtres, peut-être d'autres personnes. Nos voisins, nos amis…

Cela faisait plus de deux semaines que nous nous étions réfugiés dans cette nature de moins en moins généreuse au fur et à mesure que les jours passaient, que les fuyants arrivaient, que les morts empoisonnaient toutes les eaux. Nous ne pouvions plus nous approvisionner. Traqués, visés, encerclés. Un nouvel édifice de mort se construisait au-dessus de nos têtes. Il fallait agir, mais pas stupidement. Malgré la faim qui me tiraillait l'estomac, la soif qui m'asséchait le palais et me gerçait les lèvres, je ne suis pas sorti de ma cachette.

J'ai attendu. Encore.

Quand le manque me faisait délirer, je m'accrochais de toutes mes maigres forces à mon arbre et à la voix de mon père, comme une menace, comme une complainte, un chant funéraire qui ne devait pas venir.

Beaucoup sont sortis de leur cachette, ne pouvant plus lutter. Inconscients déjà ou se sachant condamnés. Nous avions tous entendus les hurlements provenant de l'église, cette église où nous nous retrouvions tous le dimanche, avant le match de foot. Les coups de machettes et de fusils. Les grenades. La mort. Sans rien voir. Sans rien savoir. Nous ne devions pas savoir ce qui se passait réellement à quelques kilomètres. Jean-Baptiste ne nous racontait pas tout de ses escapades. Même si son visage, miné de tics, laissait transparaître sa détresse grandissante.

J'ai attendu. Encore.
Et j'ai vu.

J'ai vu des regards complices entre certains soldats blancs. Beaucoup de méchanceté à venir. D'autres soldats connaissaient déjà notre sort et préféraient ne pas nous regarder. Ils semblaient avoir gardé assez de lucidité pour se rendre compte de l'acte qu'ils devaient commettre. Ordre de supérieurs invincibles, invisibles .

Ils n'ont rien dit. Les yeux perdus dans la terre noire.
Ils n'ont rien fait. Le cœur cherchant une échappatoire.

En retrait, le sourire abandonné à la lisière du bois, ils ne pouvaient qu'attendre. Je parle de plusieurs soldats parce que même s'il n'y en a eu qu'un seul, même si je n'en ai vu qu'un seul, je veux croire qu'un homme blanc, un jour, à essayé de sauver un homme noir. Comme je sais qu'un jour, un Hutu a sauvé des centaines de Tutsis.

Ce n'est pas qu'une rumeur.

J'ai rencontré cet homme, qui, comme beaucoup d'entre nous, ne pourra plus jamais revivre au Rwanda.

J'ai oublié son nom parce que je n'ai plus désormais que la mémoire des visages. Mais je sais ce qu'il a fait. Même s'il n'en parle pas. Par peur, par honte, parce qu'on ne veut pas le croire. Comme nous. Comme moi. Un réalisateur Américain vient de tourner un film, *Hôtel Rwanda,* inspiré de son histoire, de son action héroïque.

Et survivre comme Tutsi parmi les hommes, c'est héroïque ? Et continuer à respirer au Rwanda parmi les relents d'assassins hutus, c'est héroïque ?

Ceux qui savaient précisément ce qui nous attendait, nous ont appelé. C'est tout ce qu'ils savaient de la langue *kinyarwandaise**. Puis ils ont compté tous les Tutsis présents. Pour le reste, ils utilisaient un interprète hutu qui abreuvait ainsi sa vengeance de façon plus détournée. Son excuse pour ne pas se sentir directement coupable. Par son intermédiaire, les militaires leur ont dit de rester tranquille. Ils allaient chercher de la nourriture. À peine avaient-ils disparus avec leurs 4x4 que des Hutus, machettes et fusils en main, les ont anéantis en quelques minutes. Une meute de loups massacrant une chienne blessée. Je ne pouvais pas le croire. Mes yeux ont vu mais mon cerveau ne l'a pas cru. Lorsque cette scène repasse dans ma tête, je ne remarque rien. Hommes et arbres se confondent. Une seule image nette me hante sans cesse, malgré moi, celle de cet interprète laissé par les soldats, en première ligne et assassiné comme les autres. J'ai honte de cette vision obsédante parce que je ne souhaite la mort de personne.

Que la vie, pour les survivants comme pour les assassins, redevienne ce seul lieu possible, un lieu commun, humain.

Et je me bats chaque jour avec moi-même pour que ce souhait se réalise. Que tous les fantômes, les bons comme les mauvais, s'éloignent de moi et de ce que je suis resté sur terre.

Un mort parmi les vivants.

Il suffit de regarder la pupille de mes yeux pour voir le néant. Mais qui me regarde encore ? Qui oserait porter sur moi une attention autre que remplie de pitié. Le génocide nous a déshumanisés, nous, les quelques survivants. Nous sommes là, parmi vous, mais nous ne serons plus vraiment présents. Nos morts nous habitent. Nous en sommes les gardiens, la mémoire. Nous devons être leur mémoire quotidienne. Vivre tout ce qu'ils ne vivront jamais, ce qu'ils n'ont pas fini de vivre. Nous sommes désormais le chant, la tradition, l'avenir de tout ce qui s'est tu. Nous devons redonner toutes les vies qui nous ont été prises. Mais comment donner cette vie ? Quelle femme voudrait d'un homme qui tremble devant son ombre ? Qui hurle toutes les nuits, qui n'a plus le feu sacré, qui passe des journées entières à se balancer d'avant en arrière.

Qui sait ce que trop de souffrance peut engendrer.

Qui voudrait d'un homme qui ne sait plus sourire, qui ne parvient plus à conjuguer au futur et à peine au présent ? Un homme qui ne peut plus croire en rien et vit sa vie non pas pour lui mais pour tous ceux qui l'ont perdue ? Dites-moi, qui voudrait aimer une personne comme ça ? Un être humain qui porte trop de blessures dans un si petit corps…

Nous, les rescapés, formons désormais une communauté outre-monde avec ses codes obscurs pour les non-initiés. Je ne souhaite à personne de venir nous rejoindre.

Pour quelques années de sursis, nous devons nous battre de toutes nos forces, tous les jours, pour murmurer notre appartenance à ce monde. Encore. Même si les Hutus ont tout fait pour nous faire disparaître, nous sommes comme la mauvaise herbe, nous repoussons toujours, quelles que soient les souffrances infligées, quel que soit le sol dans lequel nous avons poussé, nous sommes là, bien là, même si on nous regarde avec méfiance en pensant que nous avons forcement conclu un pacte avec le diable pour être toujours en vie.

Cette vie est devenue une anomalie, une erreur de la nature. Nous aurions dû tous mourir. Tous. Pourquoi suis-je resté ? Pourquoi aucun Hutu n'est venu m'achever ? Est-ce Dieu qui m'a épargné ? Et pour quelle raison ? Hein, dis-moi Dieu, pour quelle raison ? Je n'étais ni meilleur ni pire que mes frères et sœurs, mes cousins, mes amis, que tous ces anonymes. Je suis devenu quelqu'un parce que j'ai survécu. Ce n'est pas une excuse. *Je n'ai pas d'excuse pour être encore de ce monde.* Je ne vis que pour la honte et la peur d'avoir survécu. Personne ne peut comprendre cette souffrance pure. Personne. Pas même moi. Depuis cette année 1994, je ne me comprends plus. Je ne sais pas qui vit pour moi, en moi, à qui ai-je prêté mon corps, mes émotions ? Je vis mais ce n'est pas moi qui vis. Alors, en attendant de retrouver ma seule place désormais parmi tous mes morts, je m'occupe.

Je n'ai pas encore retrouvé les soldats blancs, comme je n'ai jamais lu la moindre ligne dans un journal relatant ce massacre commandité de longue date entre les hauts gradés européens et les rwandais. Massacre parfaitement organisé et réalisé avec soin dans les moindres détails, si ce n'est quelques survivants qui, comme moi, ne pourront jamais raconter ce qu'ils ont aperçu. Non par peur de quelconques représailles mais bien parce que personne ne prendra la peine de nous écouter et encore moins de nous croire !

Pourtant j'en ai lu des livres, des articles. J'en ai vu des personnes qui sont allées « sur le terrain » comme ils le répètent. Et j'ai croisé des rescapés qui tous, comme moi, gardent un secret dont personne ne veut, un secret comme une écharde infectant le cœur et l'esprit. Tout ce que j'ai lu et entendu, n'est qu'une grande répétition à l'infini de ce que j'ai vécu. Toujours les mêmes visions d'horreur, les mêmes questions sans réponses et toujours cette présence extérieure des blancs. Et partout le même constat, certains d'entre eux, connaissant notre futur funeste, ont refusé d'agir. Ils ont laissé les autres faire, en fermant les yeux. J'aurais préféré, nous aurions tous préféré je crois, qu'ils ouvrent grands les yeux et la bouche, qu'ils prennent les devants pour changer notre destin. Peut-être que quelques-uns l'ont fait. Je ne sais pas.

J'ai entendu tellement de choses. Tellement d'horreurs différentes. De lâcheté. D'humiliations.

Comme ce groupe de Tutsis qui, au soir de l'attentat, avaient trouvé refuge dans une école où des militaires blancs, des Casques bleus belges, ai-je appris au cours de mes nombreuses recherches, tenaient une base. Ils se croyaient sauvés. Les Hutus n'oseraient jamais attaquer des étrangers blancs. Des étrangers qui, pour certains, leur avaient enseigné l'art de la guerre : fusils et grenades dans les mains pour se défendre. Et attaquer surtout. Attaquer.

Tous les jours, des centaines de personnes se plaçaient sous leur protection. Même des blancs, se sentant eux aussi menacés, étaient venus se réfugier ici. Plus les blancs arrivaient, plus les Tutsis se rassuraient. Eux auraient la vie sauve. Ils avaient bien fait de placer leur destin entre les mains de ces inconnus. De l'aide extérieure n'allait plus tarder et les Hutus garderaient leur distance. Et en effet, d'énormes camions sont venus. Et les ennemis sont restés en retrait, avec leurs machettes et leurs fusils armés.

Des camions attendaient.

Des camions ont sauvé des hommes. En quantité.

Les blancs. Juste les blancs !

Même les Casques bleus ne comprenaient pas cette situation. Ils devaient obéir. Simplement. Au nom des États-Unis, de la France, de l'Allemagne… de tous ces pays qui auraient dû aider le Rwanda. Ils allaient sauver leur frère de peau et laisser seuls les Tutsis.

Livrés à ces hommes sanguinaires, peu s'en sont sortis. Et dans quel état ?

Et je parviens encore à rapporter ce détail de notre histoire, sans hurler, sans crier. Ma voix est seulement un peu trop aiguë.

Est-ce faire preuve de racisme que de dire cette vérité ? La jeune femme qui m'a raconté cette horreur sourit presque maintenant, tellement cette histoire paraît irréelle. La première fois qu'elle a osé en parler, on lui a répondu qu'elle ne comprenait pas, que c'était bien plus compliqué qu'une simple histoire de préférence raciale.

Parce que non seulement personne ne veut nous croire, mais en plus, lorsque l'on raconte notre enfer, certains osent prétendre que nous n'avons rien compris à ce que nous avons vécu.

Comme s'il y avait quelque chose à comprendre !

Ah ! Mon père, si tu étais encore en vie, tu aurais compris, toi, c'est sûr. Tu comprenais toujours tout. Tu savais comment agir, comment réagir. C'est pour cette raison que tu as été découpé si méchamment par l'un des fidèles du bourgmestre du village. Tu étais différent.

Une différence qui me blesse encore aujourd'hui, sur les routes goudronnées qui ne me mènent jamais nulle part. C'est un chez moi provisoire sans retour possible. C'est un pays, une ville, une rue, une maison dans laquelle je suis censé vivre comme tout le monde, avec tout le monde. Seul.

Je suis seul et je n'aurai pas la force de revivre dans mon pays où les tombes ne sont que des ombres. Ces tombes où les croix de bois, les croix de pauvres, ont été brûlées. Le fer les a remplacées. Une deuxième mort. Comme si c'était possible de souffrir encore. Ces sépultures, parfois de simples latrines où les enfants encore vivants ont été poussés. Même la mort ne leur a pas offert une quelconque dignité.

Les morts sont en moi et me suivent et me collent et ne me quittent pas. Papa, maman et tous mes frères et sœurs et tout mon peuple m'envahissent encore au détour d'un rêve, d'une phrase, d'un instant. Je vois leurs yeux, leurs bras, leur corps meurtris. Âmes errantes, hurlantes, qui m'empêchez de vivre, je ne peux pas vous en vouloir. Je suis votre espoir mais je ne suis rien qu'un noir dans une vie blanche et sombre pourtant. Je suis un immigré dans un pays qui n'en veut plus, qui n'en peut plus de toute cette misère du monde forçant la porte de l'Occident, pays de cocagne où le bonheur stagne. Et toujours ces questions, ces regards de méfiance : « Mais est-ce qu'il n'invente pas, est-ce qu'il a vraiment le droit d'être là, de profiter de notre société, de notre assurance, de notre soutien, de notre pain quotidien ? Est-ce vrai qu'il n'a plus personne dans son pays ? Cette guerre, c'est vieux tout ça, faut oublier, faut pardonner ! » Toujours les même phrases, la même ignorance.

Pardonner.

Dans le dictionnaire ce mot existe encore. Dans les églises, ce mot est encore prononcé.

Pardonner.
Donner.

Comment cela est-ce possible ? Il le faut. Nous le devons. Ce n'est plus une demande. C'est un ordre. Parce que le passé est passé et qu'il faut penser à l'avenir. Le Rwanda doit se reconstruire. Il a besoin de bras, d'hommes forts. Et tous ces bras qui ont haché des êtres humains sont forts. Le Rwanda ne peut rien faire de ses morts. Sinon les enterrer. Une bonne fois pour toute. Et qu'on n'en parle plus.

Museler la mémoire. Éteindre les plaintes.

Les Tutsis qui vivent encore au Rwanda doivent ravaler leur peine, oublier leurs morts, accepter le pardon des assassins et vivre avec eux au quotidien. Vivre. Est-ce une vie que celle qu'on leur impose ?

Peu de temps après ce génocide, des milliers de personnes ont été jetées en prison, parce qu'enfin, le reste du monde se réveillait.

Des prisonniers qui ne servaient à rien dans une prison qui ne servait à rien.

Des prisonniers qui ont vite compris. S'ils reconnaissaient quelques coups de machettes malheureuses et demandaient poliment pardon, les *gacaca** les libéraient rapidement.

Et nous ?

Qui peut nous libérer de notre douleur ?

Et mes souvenirs reviennent. Présence de l'instant. Mon père me parle des premiers heurts en 1964, quelques années seulement après l'indépendance de 1959 où les blancs, des Belges, ont aboli la royauté tutsi. Ils ne nous faisaient pas confiance et pensaient que notre armée, le FRP*, allait s'emparer du pouvoir. Mais ce ne fut pas le cas. Certains Hutus extrémistes, le *hutu power**, en ont profité pour prendre le pouvoir et mettre en place le *manifeste du Bahutu**.

C'est là que nous avons commencé à mourir. Tout doucement. À petit feu.

Personne n'a rien vu, ou n'a voulu voir. C'est là que les Hutus les plus méchants nous ont baptisés *inienzi**, les cancrelats, la vermine, les cafards. Mon père nous racontait aussi que quelques années plus tard, vers 1973, un grand nombre de jeunes tutsis ont vu se fermer devant eux les portes des écoles. Parce que la vermine n'avait pas besoin d'apprendre. Cela avait recommencé mais de façon plus violente en 1990, dans son village natal à Mutara. Des massacres.

Encore. Personne n'a rien fait.

Encore.

Parce qu'on pensait que notre guerre était une guerre tribale et qu'elle cesserait comme elle avait commencé. Entourée de beaucoup de mystères et de vengeances à venir. Mon père sentait que nous étions menacés en permanence et qu'il fallait se méfier de tout le monde. Même des professeurs. Même des prêtres. Même de l'*umufumu**. J'avais beaucoup de mal à le croire. Désiré, mon meilleur ami, le fils aîné de nos voisins, était hutu. J'allais à l'école avec lui. Nous étions tout le temps ensemble, même si je sentais qu'il était mieux vu que moi par les profs. J'étais un peu jaloux et parfois je le traitais de « chouchou ». Désiré rigolait, me répondait que je n'étais qu'un *inienzi** et on n'y pensait plus.

Au départ. Au départ seulement.

Mais plus après, quand la Radio des Mille Collines* parlait d'éliminer tous ces cafards tutsis qui infestaient notre beau pays. Je me souviens un soir de février 1994 avoir écouté des heures et des heures durant cette radio qui émettait dans tout le pays, et même plus loin, pour les pays frontaliers et qui invitait très souvent des extrémistes hutus. Ils racontaient n'importe quoi sur notre race et donnaient des listes entières de familles tutsis, quartier par quartier. Nous, les Tutsis, cherchions tout le temps à humilier les Hutus. Nous étions fiers parce que nos femmes étaient les plus belles, parce que nous avions volé la terre des Hutus. Nous étions des colonisateurs profiteurs et il fallait à tout prix mettre fin à cette invasion. Les premières minutes, j'avais ri de tant d'exagération.

J'étais bien le seul.

Désiré, à mes côtés, me lançait des regards inquiets puis de plus en plus accusateurs. Au bout de deux heures, son père l'a rejoint et, ensemble, ils hochaient gravement la tête chaque fois que l'homme à la radio se taisait. C'est la dernière fois que j'ai vu Désiré. J'avais tout appris avec lui. Tout. Jusqu'à la mort. Quelques heures seulement après l'annonce de l'assassinat de notre président, Juvénal Habyarimana, dans la nuit du 6 au 7 avril, son père l'obligea à tuer mon plus grand frère, Ismaël. Il s'est fait attraper alors qu'il était revenu dans notre maison pour récupérer quelques ustensiles de cuisine. On m'a raconté en détail comment ça c'était passé. On m'a répété plusieurs fois que Désiré ne savait pas comment faire, qu'il n'avait pas assez de force, malgré son âge. Avec le recul, j'ose encore croire qu'il l'a fait exprès, qu'au plus profond de lui-même, il ne nous voulait pas de mal. Son père l'a battu. Il lui a pris la machette des mains et a violemment frappé mon frère à la jambe gauche. Ismaël a poussé un hurlement en tombant. Un attroupement commençait à se former. Le père de Désiré a remis la machette ensanglantée dans les mains de son fils. Il attendait. Désiré a fermé les yeux et a porté un coup sur le bras de mon frère qui se protégeait le visage. Ismaël a de nouveau crié. Mais moins fort. Il perdait beaucoup de sang. Désiré a vomi et s'est enfui. On m'a raconté qu'ensuite le corps de mon frère avait été poussé à coup de pieds près d'un bananier et qu'on l'a laissé mourir là, comme ça, avec les mouches et la poussière. Personne n'est venu abréger ses souffrances. Personne ne lui a fermé les yeux. Ismaël, Ismaël, mon grand frère protecteur, toi qui as tout vu de tes grands yeux vides, maintenant, dis-moi que toutes ces horreurs n'étaient qu'un cauchemar, que nous allons tous nous réveiller bientôt et rire, rire de rien. D'être là, à se partager le temps et le soleil ! Dis-moi que ça ne se peut pas, que nos voisins, nos amis, n'ont pas pu nous faire ça. Pas eux. Pas nous. Ismaël, toi qui aidais tout le monde, sans aucune distinction. Toi qui riais de tout et surtout de toi-même. Toi qui aimais tant la vie et la fille de nos voisins ! Je ne peux pas croire, je ne veux pas croire que tu sois mort comme un animal crevé abandonné sur le bord de la route…

Mais la vérité est présente, hurlante. Et si ce n'est pas moi qui la raconte, d'autres rescapés murmureront la même chose. Les même détails sordides inhumains et provenant pourtant de la main et du cerveau de l'homme. D'un cerveau abandonné à la folie, à je ne sais quelle justice. Une folie qui ne leur a rien fait gagner, même pas le respect. Seulement la crainte et nos maisons de tôle, et nos femmes, et nos pleurs, et nos vies et notre pays et notre futur.

Dans notre grande fuite, d'autres Tutsis nous ont rejoints, plus tard. Certains fuyaient depuis plusieurs semaines, déjà. Ils venaient des villages avoisinants. Parmi ce petit groupe, j'ai retrouvé deux cousins, Pio et Alphonse. Leur mère, la sœur de ma mère, avait été découpée sous leurs yeux. Ils n'ont rien pu dire et depuis, ils ne parlent plus et marchent comme s'ils voulaient reculer. Leurs yeux sont trop grands ou leur visage trop petit pour contenir tant de peur. Sont-ils encore seulement des êtres humains ou de tristes âmes errantes ? Quand ces vivants hantent les vivants, peut-il encore y avoir de l'espoir ? J'aurais voulu essayer de les sortir de leur monde sordide mais des grenades nous ont séparés. Après avoir massacré les Tutsis affamés et confiants, les Hutus nous ont terminés au fusil et à la grenade. J'ai entendu des cris, l'odeur de chairs brûlées, la terre se soulever et plus rien. Je ne sais plus où je suis. Je ne sais plus où je fuis. Je suis seul, le dernier Tutsi encore vivant, peut-être. Cela ne tardera pas à être vrai.

Les militaires sont revenus. Les mains vides et le sourire aux lèvres.

J'ai vu encore cela.

Même si quelques-uns se sont étonnés de voir des corps massacrés. Ils semblaient ne pas comprendre. Comme si, soudain, leurs jouets fantasmés s'étaient animés et, sans réfléchir, avaient exécuté leurs ordres stupides.

Même si quelques-uns sont allés chercher des pelles dans leur 4x4 et ont enterré silencieusement les amas de chair qui restaient. Par respect, par peur, par honte. Comme un chat qui recouvre ses excréments.

Même si quelques-uns sont devenus fous de cette folie qui trompait nos sens depuis trop longtemps.

J'ai cherché mon père, longtemps, longtemps. J'ai hurlé son nom par-delà les collines. J'ai pleuré sa mort sans corps. J'ai veillé son *abazimu**.

Je te promets, père, d'honorer ta présence jusqu'à mon dernier souffle.

Et je vis maintenant pour lui et pour le restant de ma famille. Je suis leur seule mémoire. Quand je disparaîtrai à mon tour, il n'y aura plus rien.

Plus rien.

Parce que je ne peux pas empoisonner la vie des enfants qui viendraient de moi. Je parle *dans le nu de la vie**. Pour que le silence se souvienne de nous. De tous les massacrés passés et qui n'ont servi a rien, puisque tout recommence tout le temps. Le bon comme le mauvais sans distinction apparente. Pas de leçon à retenir. Quelques lignes dans les manuels des petits enfants. Et l'oubli qui s'installe. La vie plus forte.

La vie.

La vie qui a repris et qui a réussi à m'offrir des sourires. Des sourires à en pleurer. Je pleure sur ces douceurs qui viennent trop tard pour effacer mes douleurs.

Une dernière fois, encore, une dernière fois, revenir sur mon passé. Monde parallèle qui continue à vivre en boucle dans mon esprit.

Je me retourne, quitte la forêt pourtant touffue et pénètre dans les marais qui se sont tus. Même silence végétal. Silence comme une attente. Silence abandonné à ses pleurs.

Pas un seul pépiement d'oiseau, pas un grognement de cochon apeuré. Pas le moindre cri de touraco vert* ou de gonolek*.

Silence.

J'entre dans une vase froide. Je m'enfonce jusqu'aux cuisses. Coincé. Cette boue m'empêche d'avancer aussi rapidement que je l'aurais souhaité. Tout autour de moi, des feuilles de papyrus pourrissent en dégageant une odeur fétide. Plus j'avance, plus je constate que le marigot* a une teinte rougeâtre. Je n'ai pas besoin de réfléchir davantage sur cette vision d'horreur qui s'offre à moi. C'est le sang de Tutsis pris au piège de leur refuge de fortune, simples insectes au cœur d'une immense toile où l'araignée se nomme « Hutu ». Englués au fond de leur tombeau futur, ils n'ont pas eu le temps de quitter les lieux, d'éviter les pieux et le tranchant des armes rudimentaires et pourtant si efficaces. Certains ont juste eu le temps d'offrir un dernier regard à leur meurtrier.

Sans cri, ils ont quitté la vie.

La vie.

À mon tour, je m'allonge et attends que la mort me découpe.

La nuit n'en finit pas d'être nuit de cauchemar.

Hors d'haleine, je me laisse tomber dans ce lit de glaise et me recouvre le corps de feuilles jaunes et vertes se trouvant à portée de mes mains. Déjà, le bruit des tueurs se rapproche. Le cliquetis des machettes coupant les tiges emplit la pesanteur du silence. Je perçois des hurlements au loin qui me percent pourtant les tympans. Le petit groupe d'hommes armés s'arrête quelques instants. Certains chantent, d'autres rient et quelques-uns, le visage fermé, attendent de repartir au travail. Ceux-là ne semblent pas particulièrement heureux d'être sur ces lieux. Peut-être sont-ils encore un peu humains…

Je redresse la tête. Vision de répulsion. J'essaie de me retenir mais vomis quand-même dans mes mains. J'étouffe. Il n'y a pas de plus atroce sensation. Se savoir déjà mort et avoir pourtant le corps et l'esprit toujours en alerte, en dernier instinct de survie. Je plonge le visage dans une flaque d'eau. Un coup de sifflet retentit dans tout le marais qui, soudain, semble frissonner. Les pousses tremblent de partout. De partout les tueurs quittent le froid du marigot. À quelques pas de moi, un homme se tient seul, suintant de sueur et de sang. Ses mains tremblent. Ses jambes recouvertes de sang et d'éclats d'os tremblent. De froid, de fatigue, de peur. Je ne veux pas savoir. Il sourit. Un sourire sans joie, comme une grimace sur ce visage émacié. S'allume une cigarette, soupire et s'éloigne lentement à son tour. Je crois que je vais de nouveau vomir. Encore une nuit à imaginer leur fin de journée : manger nos vaches, violer nos femmes, piller nos maisons.

Une pluie fine de printemps parsème le

brouillard omniprésent en ce lieu.

Je n'ai plus peur maintenant. Tous les oiseaux, autrefois rois des marécages, observent au loin mon attente désespérée.

Il n'y a plus rien.

Rien.

C'est fini pour ce soir mais il me reste la nuit à affronter. La nuit et ses fantômes. Et tous ces agonisants que personne ne viendra faire taire.

Demain, tout recommencera encore. Et s'ils me trouvent ? Tant pis. De toute façon, ils me trouveront. Je n'ai plus à m'inquiéter. On dira que je suis déjà mort. Je suis avec les miens, mon peuple, mon ethnie. J'espère seulement qu'ils ne me découperont pas en petits morceaux avant de me tuer. J'espère qu'ils auront des fusils, oui des fusils… « pan ! » Un seul coup et je ne sentirai plus rien. Je serai bien. Enfin.

Maman, raconte-moi une dernière fois le conte que le griot du village nous avait transmis, à nous, enfants hutus et tutsis mélangés, l'histoire du colibri et de l'éléphant*, l'histoire du léger et du pesant, du gentil et du méchant. Nous étions tous, tour à tour, le colibri et l'éléphant, et *chacun […] maître chez soi.*

Maman, aide-moi à mourir en digne Tutsi.

Courir, courir, courir. Ne plus jamais s'arrêter. Courir au-delà de l'épuisement, du dernier souffle, de l'ultime instant. Courir à en vomir. Courir pour ne pas mourir.

Je ne suis pas mort puisque je me parle, puisque je raconte au silence qui connaît déjà tout de notre histoire.

Je dois pardonner. Accepter.

Accepter.

Tout accepter.

Je cours mais je n'ai plus envie de fuir, de courir. La marche me conviendrait parfaitement. Plus personne à éviter, hormis moi-même peut-être. Quoi que je fasse, je serai toujours avec moi. Et je suis fatigué. Je ne suis pas mort, Maman. Et je ne vis pas vraiment non plus. Je ne pourrai plus apprendre à vivre ou mourir en digne Tutsi, comme je te l'avais imploré, le jour des machettes.

Ça ne veut plus rien dire ici.

Ici, les machettes servent à découper le petit bois pour les barbecues.

Ici, peu de personnes connaissent les Hutus et les Tutsis.

Ici, nos morts ont pris vie le temps de quelques discussions, le temps de passer à la télé pour ensuite les oublier. Passer à autre chose. Penser à autre chose. Le bain des enfants. Sortir le chien. Les factures à payer et les vacances à préparer.

La vie.

Je vais arrêter de parler tout seul.

Je vais courir encore un bout de chemin, de rue, de quartier, de ville, de pays qui jamais ne seront miens.

Ne m'en voulez pas si je pars un peu loin, un peu longtemps, un peu seul... Je reviendrai, parce que voilà, dans ce monde où je ne serai jamais rien,

Je suis Innocent.

Et je suis en vie.

Abazimu : Esprit des ancêtres. Avec le temps, les abazimu des personnes décédées deviennent des esprits sacrés que les familles honorent et prient .

Bahutu (manifeste du) : Manifeste établi par le hutu power .

Conte du colibri et de l'éléphant : conte griot d'Afrique noire.

Dans le nu de la vie : Livre du journaliste Jean Hatzfeld donnant la parole aux victimes du génocide rwandais.

FRP : Armée tutsie

Gacaca : Tribunal populaire rwandais.

Gonolek : Oiseau au plumage rouge écarlate, noir et jaune.

Hutu power : Groupe d'extrémistes hutus.

Inienzi : Cancrelat, vermine, cafard.

Interahamwe : Milice extrémiste hutue.

Kinyarwandaise : Langue rwandaise.

Marigot : Marais

Radio des Mille Collines : La radio la plus

écoutée du Rwanda et des pays voisins. À l'époque des faits, elle a joué un rôle important dans le génocide rwandais.
Sorgho : Céréale qui pousse au Rwanda.
Touraco : Oiseau qui s'apparente à un grand perroquet multicolore avec une huppe droite amande chez le touraco vert.
Umufumu : Sorcier.
Urwagwa : Banane fermentée qui devient un alcool très fort.

Achevé d'imprimer
sur les presses de l'imprimerie Bietlot
Gilly (Belgique)